KB149327

길 하나 돌려세우고

**황금알에서 펴낸 오승철 시집**
오키나와의 화살표(2019)
길 하나 돌려세우고(2021)

**오승철**
1957년 제주 서귀포 위미에서 태어나 1981년 동아일보 신춘문예 「겨울귤밭」
으로 등단하여 작품활동을 시작하였다. 시조집 『오키나와의 화살표』 『터무니
있다』 『누구라 종일 홀리나』 『개닦이』 등이 있다. 한국시조작품상, 이호우시
조문학상, 중앙시조대상, 오늘의시조문학상, 한국시조대상, 고산문학대상,
한국예술상 등을 받았다. 오늘의시조시인회의 의장을 지냈다.
osc3849@empas.com

한국단시조 시인선 1
# 길 하나 돌려세우고

**초판발행일 | 2021년 1월 27일**

지은이 | 오승철
펴낸곳 | 도서출판 황금알
펴낸이 | 金永馥
선정위원 | 김영승 · 마종기 · 유안진 · 이수익
주간 | 김영탁
편집실장 | 조경숙
표지디자인 | 칼라박스
주소 | 03088 서울시 종로구 이화장2길 29-3, 104호(동숭동)
전화 | 02)2275-9171
팩스 | 02)2275-9172
이메일 | tibet21@hanmail.net
홈페이지 | http://goldegg21.com
출판등록 | 2003년 03월 26일(제300-2003-230호)

ⓒ2021 오승철 & Gold Egg Publishing Company Printed in Korea
값은 뒤표지에 있습니다.
ISBN 979-11-89205-87-4-03810

*이 책 내용의 전부 또는 일부를 재사용하려면 반드시 저작권자와 황금알
 양측의 서면 동의를 받아야 합니다.
*잘못된 책은 바꾸어 드립니다.
*저자와 협의하여 인지를 붙이지 않습니다.

# 길 하나 돌려세우고

오승철 시조집

황금알

시조의 종가는 단시조랬다.

허랑방탕,

여기까지는 왔다.


2021년 1월

오승철

# 차 례

1부 초파일 그리움 건너

다시, 봄 · 12

누이 · 13

봄꿩 · 14

봄날 · 15

차마고도 · 16

어느 날 백수白水 선생 · 17

북돌아진오름 · 18

올레길 따라 · 19

어느 은퇴 장로 · 20

볕뉘 · 21

하얗게 웃다 · 22

낙화 · 23

꿩꿩 푸드덕 · 24

## 2부  이 세상 손바닥 하나

베들레햄별꽃 · 26

섬잔대 · 27

야고 · 28

대흘리 능소화 · 29

쇠별꽃 · 30

손바닥 선인장 · 31

멀구슬나무 1 · 32

으아리꽃 · 33

제주골무꽃 · 34

바람꽃 · 35

멀구슬나무 2 · 36

어느 봄 · 37

꿩, 엎지르다 · 38

그러니까, 봄 · 39

## 3부  가지깽이 댕글랑

돌가마터 · 42

가을 하늘 · 43

선흘리 먼물깍 · 44

내 사랑처럼 · 45

꿩 · 46

유달산 낮 열두 시 · 47

닐모리동동 · 48

주전자 · 49

가파도 1 · 50

청도반시 · 51

팔공산 · 52

봄비 · 53

꿩꿩, 장서방 · 54

## 4부  허공에 간절한 생각

고추잠자리 5 · 56

고추잠자리 10 · 57

고추잠자리 11 · 58

고추잠자리 12 · 59

고추잠자리 13 · 60

고추잠자리 14 · 61

고추잠자리 15 · 62

고추잠자리 21 · 63

화살깍지벌레 · 64

풍장 · 65

쓸데없이 · 66

그래 봤자 · 67

시월 · 68

까딱 않는 그리움 · 69

5부  이 악물듯 오는 눈

서귀포 바다 · 72

섬동백 1 · 73

섬동백 2 · 74

위미리 · 75

추석날 위미리는 · 76

위미리 동백 · 77

그리운 날 · 78

한라산 제2횡단도로 나목들 · 79

봄동 · 80

본전 · 81

서귀포 · 82

늦눈 · 83

대설 · 84


■ 해설 | 박성민
식물적 상상력과 동물적 상상력, 그 서정의 결속 · 86

# 1부

초파일 그리움 건너

## 다시, 봄

허랑방탕 봄 한철 꿩소리 흘려놓고
여름 가을 겨울을 묵언수행 중이다
날더러 푸른 이 허길 또 버티란 것이냐

# 누이

쇠똥이랴
그 냄새 폴폴 감아올린 새순이랴
목청이 푸른 장끼 게워내는 울음이랴
초파일 그리움 건너
더덕더덕 더덕밭

# 봄꿩

대놓고 대명천지에
고백 한 번 해 본다

오름 만한 고백을 오름에서 해 본다

갓 쪄낸 쇠머리떡에
콩 박히듯 꿩이 운다

# 봄날

붉은오름
아침놀
은숟갈 빛
산마을
상여 메듯
그것들을
떠메고 온
새 몇 마리
말좆이
늘어진 봄날
유채밭
흔들고 가네

## 차마고도


매일 아침 알약 몇 알 넘겨내는 내 식도


하늘에 내맡긴 길,


차마고도 같은 그 길


어디로 나를 이끄나 천형의 그리움아

# 어느 날 백수白水 선생

실로 모처럼 만에
안부 전화 드렸더니

"댁은 뉘시오?"

아차 하는 그 순간,

뒤이어 하시는 말씀

"라고 할 줄 알았지?
허허"

# 북돌아진오름

바다에 갇힌 섬보다

그나마 내가 낫네

역병 도는 이 가을날 눈치껏 오른 오름

북채를 들지 않아도

북이 먼저 울겠네

# 올레길 따라

암그령 수크령이 간들대는 대수산봉

그 품에 젖꼭지같이 무덤 한 채 얹혀있다

"누게고?"

선산도 짐짓

날 아는 숭 모르는 숭

# 어느 은퇴 장로

강냉이떡 하나에
교회로
이끌렸다고?

돌아서서,
홧김에 도둑장가
들었다고?

징하게 살다 간 아내, 여든에도
그립다고?

# 볕뉘

창가에 날 널어놓고 아내는 어딜 갔나
금이야 옥이야
볕뉘 같은 겨울 햇살
그 무슨 섭섭한 일도 낙과로나 익을까

# 하얗게 웃다


'술술 풀리는 하루'
조간신문 오늘의 운세


느닷없는 부음 문자
참 쉽게 사람이 가네


국화꽃 혼자 웃는 밤
술로 푸는 이 하루

# 낙화

그냥 슬쩍 왔으면
그냥 슬쩍 갈 일이지

납작집 개복숭아
어쩌다 꽃은 피워

산마을
어느 잔칫날
윷판에
도는 꽃잎

# 꿩꿩 푸드덕

술 끊고
담배 끊고
사람마저 끊어놓고

산 보고 바달 봐도 깨닫지를 못하겠다

절 같은 섬에 와서도
시끄러워 못 살겠다

# 2부

이 세상 손바닥 하나

# 베들레헴별꽃


한 번도 아내에게 꽃 사준 적 없는 내가


주일 오후 오일장 펏들대는 눈발 속에


묻지도 대답도 말라


별꽃이나 건넨다

# 섬잔대

아버지 옆자리에 어머니 묻어놓고
내 고향이 이승인지 저승인질 묻습니다
내 생애,
최초의 여자
몇 잔 술로 묻습니다

# 야고

여름철
내 노동은
종 하나 만드는 일

보랏빛 울음을 문
종 하나 만드는 일

가을날
소리를 참고
향기로나 우는 종

# 대흘리 능소화

산수국도 장마도 정류소 버스시간표도
할인매장 바코드처럼 읽어내는 하늘연못
그 속에 도둑고양이 고개 슬쩍 내미는가

# 쇠별꽃

멀쩡한 오름 하나
건들고 가는
쏘내기야

가다가 다시 와서
또 건드는
쏘내기야

내 누이 사십구재 날
떼판으로 터진 꽃아

# 손바닥 선인장

이파린가

몸통인가

그 가시는 무엇인가

가을날 문득 내민 이 세상의 손바닥 하나

내 손금 어느 한 줄기

소름 돋는 그리움

# 멀구슬나무 1

덩치 값도 못하고 그게 어디 꽃이냐
봄개구리 악다구니 가지마다 슬어 논 알
고목에 이 늦바람아 토록토록
터지겠다

# 으아리꽃

푸르다 푸르다 못해
한 풀 살짝 꺾인 들녘

이 때다 이 때다 싶어
숨 죽이던 것들이

일시에 벌촛길 따라
떠도는
저 밀잠자리 떼

# 제주골무꽃

떴다!
포롱포롱, 봄이라 꽃들이 떴다


잠시 방심한 사이
오종종 내민 순갈


춘궁기 꽃자리마다
떼거지
그리움 떴다

# 바람꽃

싸락싸락 싸락눈 겨울 가뭄 그 끝에

너도바람꽃이냐

나도바람꽃이냐

섬 하나 돌려 앉히고

물 위에 핀

집어등

# 멀구슬나무 2

— 등신 같지?
오곡백과 다 걷힌 뒤 여물어

— 등신 같지?
직박구리 한 입 만큼씩 여물어

한겨울 노오란 공양받으시라 기꺼이

# 어느 봄

어차피 못 가져갈
벚꽃은 그냥 두고

목청이 푸른 장끼
푸르게  그냥 두고

4 · 3땅
백비와 같이
건너가는
봄 한 철

# 꿩, 엎지르다

오전 열 시
4 · 3 묵념 사이렌이 울릴 때

젯상이면 다냐고
엎지르듯 꿩이 운다

나랏님
오든지 말든지
실없이 지는 벚꽃

# 그러니까, 봄

무슨 일 일어날 지 모르니까,
봄이다

돌팔매 맞고 있나, 저기 저 먹뻐꾸기

이따금 목탁새 소리
말리거나 말거나

# 3부

가지깽이 댕글랑

# 돌가마터

그렇게 팔자 센 땅
그 흙으로 너를 빚어
이대로 굳으리라, 금 가면 금이 간대로
길 하나 돌려세우고
모슬포로
가는
길

# 가을 하늘

운동장 한복판에 하얀 선을 그리듯

저렇게 제트기가 가을 하늘 긋고 가면

오늘 밤 북두칠성도 반쪽으로 잘리겠다.

# 선흘리 먼물깍

그나저나 동백동산 그 너멍 가지 마라

4·3땅 곶자왈길 물허벅 넘던 그 길

아직도
출렁거리는

내 등짝의 먼물깍

# 내 사랑처럼


어쩌다 이끌려 와 아침 저녁 조아리던

조천포구 그 뱃길들

말끔히 지워낸 지금

아직도 유배 중인지 연북정*만 남았습니다


* 연북정(戀北亭): 유배인들이나 관리들이 아침저녁 한양을 향해 절하던 정
  자.

# 꿩

죽을 때 죽더라도 할 말은 해야겠다

그리움의 형장 같은

봄 들판 나와 서면

어디다 울음 뱉으랴,

금삼의 피* 토하듯

* 박종화의 소설.

# 유달산 낮 열두 시

목포항 뒷골목은 인적마저 썰물이다

오래된 홍어 맛 같은
오래된 이름 하나

정오포正午砲* 발사하듯이 날아가는 장끼 울음

* 유달산에는 낮 12시를 알렸다는 포가 있다.

# 닐모리동동


바다에서 돌아와

숨비소리

널고 나면


물마루 몰래 건너

어깨를 툭 치는 달


헛제사

차리다 말고

가지깽이 댕글랑*


* 제주민요 한 소절. 가지깽이는 밥주발 뚜껑의 제주어.

# 주전자

기차처럼 떠나네

그리움 다 내뿜고

달강달강 온몸으로 감당해낸 끌탕의 세월

가을볕 아래서 보면

아,

저 금빛 관음불상!

# 가파도 1

바다가 자벌레 떼로 하얗게 우는 저녁

잎사귄가,

모슬포 앞바다에 툭 떨군 섬

백팔배 올리고 나도

다공질로 떠돈다

# 청도반시

경상북도 청도래서 '섬이리' 생각했다

오누이 땅이래서 '큰 고을이리' 생각했다

'밤마다 씨도둑들이 설쳐대리' 생각했다

# 팔공산

절 몇 채 품었다고 삿된 마음 삭을까

하늘 아래 내 사랑 이 골 저 골 울려놓고

봉우리

봉우리마다

배가 고파 달이 뜬다

# 봄비

갈수록 자꾸자꾸

봄이 짧아진다는데

덩달아 꿩소리도

이 산 저 산 바빠지네

할머니 유모차 슬쩍

같이 밀고 가는 봄비

# 꿩꿩, 장서방

들녘도 아이들도 마춰에서 풀린 사월

서귀포 고근산 너머 꽹꽹 우는 굿판같이

어느 집

가난한 뒷뜰

장독대나 흔든다

# 4부

허공에 간절한 생각

# 고추잠자리 5

결국 그런 것이다 그리움은 그런 것이다
평생 세운 날개, 십자가 세운 날개
간직한 이름만 있어도 나는 좋다, 애인아

# 고추잠자리 10

누가 점지했나
삼백예순 제주오름

가을엔 나도 잠시
생명을 놓고 싶다.

물음도 대답도 없이
섬에 뜬
헛 봉분들…

# 고추잠자리 11

하늘도 제 뜻대로
안 되는 일 있는 건지

그리움의 독기 묻은
뼈와 살은 거뒀어도

허공에 간절한 생각
내려놓질 못 하시네

# 고추잠자리 12

마른 태풍, 그 다음 날 어디서 나왔는지
마늘밭 스프링클러 비잉 빙 돌리다가
종지웃 날리는 상가喪家, 개펑 뜯고 가는 놀빛

# 고추잠자리 13

광목천에 감물 먹여 양철처럼 빳빳해진
폐교된 명월초등학교 그 중산간 팔월 하늘
저물녘 갈색의 공습 피해가질 못하겠네

# 고추잠자리 14


하늘 아래 화살기도 쏠 일 전혀 없을 것 같은
그런 가을  그런 날 음력 팔월 초하루
오늘은 첫 벌초하고 놓아줬네
어머니…

# 고추잠자리 15

절도 교회도 없는 대성마을 가을은
누구에게 기도할까 고향언덕 조랑말
벌초날 경운기 뒷모습 아득 놓친
저 금빛!

# 고추잠자리 21

깊을 대로 깊은 가을
티 없이 맑고 맑네

오름과 무덤 사이
억새 물결 철썩이면

잠자리 싹 지운 하늘
천지간에 말간 슬픔

# 화살깍지벌레

수확 끝난 과원에

겨울비가 꽂힌다

잎새 뒤에 숨었던 귤도 그것은 못 피해서

촉 촉 촉

경락에 박힌다

속수무책 저 빗살들

# 풍장

어느 바람결에
누이 배가 불렀는지
자배봉 앞자락에
세를 든 봉분 하나
그 곁에 비석도 없이
풍장 치른 꽃바구니

# 쓸데없이

쓸데없이
하, 쓸데없이
봄볕에나 겨워서

녹슨 양철문이
삐걱이는 수산리

왕벚꽃
혼자 타는 걸
쓸데없이 바라보네

# 그래 봤자

그래 봤자 장끼도 한 철
고사리 장마도 한 철
길 없는 쳇망오름 날아든 박쥐나무
매조록
철없이 내민
꽃술머리 너도 한 철

# 시월

그냥

넙죽넙죽

받기만 하느냐고?


천만에,

나도 가끔은 '이쁘네' 말공양했다


잘 여문

모감주 열매

뚝 따낸

이 가을날

# 까딱 않는 그리움

어느 산간
어느 폐교
종소리
훔쳤는지

쇠잔등 굽은 오름
도라지꽃 한 송이

그리움
까딱 안 해도
쇠울음만 타는
가을

# 5부

이 악물듯 오는 눈

# 서귀포 바다

친구여
우리 비록
등 돌려 산다 해도

서귀포 칠십리
바닷길은 함께 가자

가을날 귤처럼 타는
저 바다를 어쩌겠나

# 섬동백 1

이리저리 귀를 열고
바람소릴 듣는다

달무리 피어올라
대숲에 숨는 얼굴

아아, 그 가득한 목소리
돌아보는
동백꽃

# 섬동백 2


바닷길 쪽으로만
기우는 가지가 있다

고향에 사는데도
외로운
사내여

그 마음
붉히지 못해
온통 젖은 바닷길

# 위미리

참을 만큼 참았다며
이른 봄 꿩이 운다

자배봉 아랫도리 물오르는 부활절 아침

위미리
옛집 그 너머
사발 깨듯 장끼가 운다

# 추석날 위미리는

명치鳴雉동산 꿩소리 간신히 재웠는데
자배봉 한자락에 어머니도 재웠는데
대체 난
어떡하라고
여태 남은 고추잠자리

# 위미리 동백

간밤에 동백 지듯 섬 몇 개 내린 바다

인생은 일사부재리 고향에는 왜 왔냐며

한때의 선거판처럼 낯붉히는 동백숲

# 그리운 날

출렁이는 아픔도
아예
말하지 말자

장끼가 울어 쌓는
그대 무덤가에

고사리
고개 못 들고
죄인처럼 섰구나

# 한라산 제2횡단도로 나목들

길이 흐릴수록
환해 오는 네 생각

눈 내리는 길가에선
굽어있던 나목들이

산굽이
넘어와 보니
꿩 발자국 같은 것들

# 봄동

봄동을 담그다가
서녘산 물이 든다

이런 날은 장꿩도
서러운 맛 들이는지

긴긴 봄 윤슬의 바다
함께 절인 김칫독

# 본전

모처럼 세상에 와 혼자만 다 털렸다고?

복채 따라 펄럭이는
오일장 보살집처럼

인생은
벌어도 본전
밑져봐야 그도 본전

# 서귀포


목장길,

월동무밭,

들쑤시던 싸락눈발


갈기 흩날리듯 〈5 · 16〉도로 넘어와서


조랑말 울음빛으로

걸어놓은

정방폭포

# 늦눈

낮에도 나의 방에 등을 끄지 않았네

어느 봄 어느 잔칫집 윷판에 뜬 늦눈조차

이 땅의 목숨만 같아

전원 끄질 못하네

# 대설

성산포 가는 길은

일출봉 쫓아가는 길

붙잡거니 놓치거니, 무밭 하나 무덤 하나

무심한 어느 저녁에 이 악물듯 눈이 온다

해설

# 식물적 상상력과 동물적 상상력,
# 그 서정의 결속

박 성 민(시인)

## 1. 들어가며

오승철 시인은 1957년 제주도 서귀포 위미리에서 태어나 1981년 동아일보 신춘문예에 『겨울 귤밭』으로 등단하여 시집 『개닭이』『누구라 종일 홀리나』『터무니 있다』『오키나와의 화살표』 등을 발간했다. 한국시조 작품상(1997년), 이호우시조문학상(2005년), 유심 작품상(2006년), 중앙시조대상(2010년), 오늘의시조문학상(2014년), 한국시조대상(2016년), 고산문학대상 시조부문(2019년), 서귀포문학상(2020년)을 수상했

으며 오늘의시조시인회의 의장을 역임한 우리 시조단의 대표 시인이다.

오승철 시인은 다성성多聲性의 시인이다. 그의 눈은 잠자리의 겹눈처럼 다층적이고 오브제에 따라 자유자재로 어조를 변환한다. 과도하게 축약된 제주도 말, '셔'의 어원('안에 계셔?')을 정답게 풀어서 노래한 「셔」, 잔치를 준비하기 위해 돼지 잡는 모습을 해학적으로 재현한 「돗 잡는 날」과같이 제주의 풍속을 정감있고 친근하게 시의 영역으로 포착한다. "때 절은 삶의 광대뼈"와 늙은 해녀들의 물질하는 소리가 손에 잡힐 듯이 그려지는 「비양도 2」와 같이 바다에서 자란 제주 사람으로서의 태생적 그리움과 외로움을 저음의 목소리로 들려주기도 한다. 그런가 하면 현대사의 한복판을 통과하면서 제주가 겪어야 했던 4·3과 같은 아픔을 형상화할 때(「터무니 있다」)도 결코 목소리를 높이는 법이 없다. 일제 강점기 태평양 전쟁에서 희생당한 한국의 학도병들을 그린 「오키나와의 화살표」에서도 아픈 역사를 부드러운 서정의 결에 함축하여 독자를 공감의 영역으로 끌어들이는 모습에서는 전통서정의 세계와 리얼리즘의 세계가 통합되는 양상을 보여주기도 한다.

하이데거에 의하면 "언어는 존재의 집"이다. 바꾸어 말하면, 언어는 '인간 존재의 주거'다. 예술을 존재의 진리가 발생하는 장소로 보는 하이데거는 시를 최고의 예술로 보았다. 하이데거에게 시는 본질적인 언어이며, 본질적으로 언어는 시가 된다. 다른 예술작품들이 순수한 사물을 현상함으로써 진리를 밝히는 데에 반해서, 시는 존재의 집, 그 자체의 순수성을 회복하여 진리의 공간이 된다. 시조, 특히 단시조는 매우 짧은 언어들이 긴밀하게 연결되어 존재하는 목조건물이다. 시인이 얼마만큼 못 자국 없이 나무의 결만으로 자신이 지은 존재의 집을 보여주는가, 얼마만큼 날카로운 통찰력을 곳곳에 내장하고 있느냐가 시집 한 채의 성패를 좌우한다고 할 수 있겠다.

이번 시집 『길 하나 돌려세우고』는 단시조만을 모았다. 왜 단시조인가? 단시조는 사유의 집약성과 언어의 응축성이 집대성되어 있다. 오승철 시인은 3장 6구 12음보라는 단 한 수의 기본 골격 안에 성속聖俗을 넘나들듯 자유롭고 비약적인 시선으로 삶의 외로움이나 그리움을 통찰하고 제주의 자연물에 깃든 역사적 아픔을 도출해내고 있다. 그는 이번 시집에서 전통적으로 시조가 지켜온 3장의 형태적인 정형성을 여러 가지 방식으로 변형시키면서 시적 형식의 긴장과 이완을 실험하기도 한다. 이는 단시조가 추구해온 시적 주제의 압축, 긴장과 함께 시적 의미의 심화와 확대에도 그가 관심을 두고 있음을 짐작하게 한다. 전통적인 단시조의 형식을 해체하지 않고 정형의 틀 안에서 시적 의미를 심화하고 확대하려는 시적 전략인 셈이다.

오승철 시인의 단시조집에서는 식물적 상상력과 동물적 상상력, 고향 인식과 뼈아픈 역사의식이 두드러지게 나타난다. 제주 사람들의 가슴 밑바닥에서 솟는 정한이 곰삭아 있는 그의 시 세계를 살펴보겠다.


## 2. 꽃의 존재론적 상징을 통한 식물적 상상력

오승철 시인의 이번 시집이 일관되게 보여주는 공

통 화소話素는 꽃이다. 이 꽃을 통해서 우리는 세계를
바라보는 시인의 개성적 시각과 마주치게 된다. 김소
월이 「산유화」에서 보여주었듯이 꽃은 아름다움의 표
상을 넘어서서 존재론적 상징성까지를 지니게 된다.
즉, '꽃'은 피고 지는 것으로 생명의 원리를, 꽃씨가 만
나고 헤어짐으로 사랑의 원리를, 탄생과 소멸로 고독
과 존재의 원리를 드러내는 것이다. 이렇게 볼 때 꽃
은 자연 속에 살아가는 모든 생명체의 표상이며 궁극
적으로는 인간 존재의 객관적 상관물이 된다.

  식물적 상상력으로서의 '꽃'이 이미지를 통해 발현
되는 양상은 대체로 다음과 같은 세 가지 유형으로 나
눠진다. 첫째는 객체적 대상으로서의 꽃의 아름다움
에 대한 관조나 묘사인데, 이 경우 시인의 삶은 꽃과
깊은 관련을 맺지는 않는다. 둘째, 꽃과 관련된 시인
의 관념이나 정감을 형상화하는 경우는, 시인의 삶이
꽃과 연관을 맺으면서 양자 간의 교호작용이 두드러
지게 나타난다. 셋째, 시인 자신이 지향하는 내면세계
가 꽃에 투영되는 경우인데, 이 유형에서 시인은 꽃의
생리나 특성을 자신의 삶 속으로 끌어들여 자신이 추

구하는 내면적 가치와 꽃의 가치를 동일화시킨다. 따라서 이때의 '꽃'은 시인의 내면세계를 그대로 표상하게 된다. 말하자면, 첫 번째 유형에서 세 번째 유형으로 갈수록 꽃은 시인의 삶 속에 깊이 투영되는 존재로 형상화된다.

　다음 시는 세 번째 유형의 상상력을 보여주고 있다.

　　여름철
　　내 노동은
　　종 하나 만드는 일

　　보랏빛 울음을 문
　　종 하나 만드는 일

　　가을날
　　소리를 참고
　　향기로나 우는 종

　　　　　　　　　　　　　　　　－「야고」

　'야고'는 제주도 한라산 남쪽 기슭 억새밭 억새포기에 섞여 자라는 홍자색의 가을꽃으로 작은 종처럼 생겼다. 이 작품은 전통적인 평시조(단시조)의 형식원리를 따르고 있다. 즉, 초장과 중장의 병치, 종장의 통사적 차단성이 그것이다. 초장의 제1, 2음보("여름철/ 내 노동은")와 중장의 제1·2음보("보랏빛 울음을 문"), 초장의 제3·4음보("종 하나 만드는 일")와 중장의 제3·4음보("종 하나 만드는 일")는 각각 병렬의 형식을 갖는다. 초장과 중장의 의미구조는 "여름철 내 노동은/ 보랏빛 울음을 문/ 종 하나 만드는 일"이 되는데, 이 경우 종장에서의 결구와 통사적 차단성이 단시조의 성패를 가름한다고 할 수 있다.

이런 의미에서 종장의 "가을 날/ 소리를 참고/ 향기로나 우는 종"은 절창이다. 시조가 노래였던 까닭에 한 음보 안의 음절은 자수字數가 아닌 음(절)량으로 설정되고 있지만, 이 작품은 한 글자를 빼거나 더할 곳 없이 완벽한 단시조의 정형을 보여준다.

중장의 "보랏빛 울음을 문/ 종 하나"는 시각('종')을 청각화('보랏빛')하면서 동시에 촉각화(입에 '문')한 공감각의 진경을 보여준다. 초장과 중장에서 등가적等價的 형상을 열거하고 반복한 후 감각적 경험으로 전이

시키는 양상은 단시조의 전범典範이라고 하겠다.

멀쩡한 오름 하나
건들고 가는
쏘내기야

가다가 다시 와서
또 건드는
쏘내기야

내 누이 사십구재 날
떼판으로 터진 꽃아

― 「쇠별꽃」

이 작품 역시 초장의 제1·2음보("멀쩡한 오름 하
나")와 중장의 제1·2음보("가다가 다시 와서"), 초장
의 제3·4음보("건들고 가는/ 쏘내기야")와 중장의 제
3·4음보("또 건드는/ 쏘내기야")가 각각 병렬의 형식
을 갖는다. 특히 "건들고 가는/ 쏘내기야"와 "또 건드
는/ 쏘내기야"는 리듬의 양상으로 보나 의미 단위로
보나 서로 교환가치를 지닌다. 이 경우 독자의 시선은

종장으로 모여지는데, 화자의 아픈 기억을 건들고 가는 '쏘내기'는 "내 누이 사십구재 날/ 떼판으로 터진 꽃"으로 그려진다. 길가나 밭둑에서 흔히 자라는 쇠별꽃에 개인적인 서사를 입혀 누이의 부재로 인한 아쉬움과 허전함을 강조하면서 화자의 무의식 속에 무더기 무더기의 그리움으로 피어나게 하고 있다.

다음 작품은 선인장을 통해 존재론적 사유를 형상화한다.

이파린가
몸통인가
그 가시는 무엇인가
가을날 문득 내민 이 세상의 손바닥 하나
내 손금 어느 한 줄기
소름 돋는 그리움

－「손바닥 선인장」

'손바닥 선인장'은 줄기가 납작한 부채 모양을 여러 개 이어붙인 것처럼 생겨서 '부채선인장'이라고도 한다. '백년초'로도 불리며 제주도에서 자생한다. 초장에서 "이파린가/ 몸통인가/ 그 가시는 무엇인가"라고 의문형 종결어미로 말을 건네는 방식을 취하고 있지만, 청자가 명시적으로 존재하지 않는다는 점에서 독백체에 해당한다. 그럼에도 의문형을 취한 것은 질문을 병렬하면서 손바닥 선인장의 모습을 하나씩 독자에게 떠올리게 하기 위한 의도적 장치이다. 독자는 화자가 짧게 툭툭 묻는 말을 들으며 말하지 않은 부분들의 빈틈에 상상력을 동원하여 메꾸면서 텍스트를 완성해 나가야 한다.

이파리인지 몸통인지 알 수 없는 선인장이 가을날 문득 이 세상에 손바닥 하나를 내민다. 이 손바닥 선인장은 하이데거 식으로 말하면, 세계에 '내던져진 (Gewortenheit) 존재'다. 고독한 존재인 인간은 결실의 계절인 가을에 허무를 깊이 깨우치면서 자신의 실존에 대해 자문한다. 무엇인가를 이루어가는 현존재 (Dasein)에 대한 성찰인 중장은 종장에 이르러 화자의 삶에 대한 근원적인 고독과 슬픔으로 전이된다. 중장에서 "이 세상의 손바닥 하나"로 형상화된 '손바닥 선인장'은, 종장에서 "내 손금 어느 한 줄기/ 소름 돋는 그리움"이라는 결구를 통해 고독한 인간 실존의 존재론적 사유를 보여주고 있는 것이다.

오승철 시인의 이번 시집에서 상상력의 중심이 되는 식물 이미지는 우리 주변에서 흔히 볼 수 있는 꽃들이다. 시인은 꽃이 지닌 생명력과 교감함으로써 일상적 삶에 갇힌 자신에서 벗어나 새로운 통찰을 얻게 된다.

"푸르다 푸르다 못해/ 한 풀 살짝 꺾인 들녘// 이 때다 이 때다 싶어/ 숨 죽이던 것들이// 일시에 벌촛길 따라/ 떠도는/ 저 밀잠자리 떼"(「으아리꽃」)에서처럼 오승철 시인은 꽃을 정태적 이미지로 묘사하는 차원에 그치지 않고, 그것을 우리 현실의 한복판으로 끌어들여 다층적인 상상력으로 전개해나간다. 이를 통해 그는 독자들에게 현실에 대한 감각적 구체성을 제시함으로써 삶의 새로운 면모를 인식하게 한다.

기존의 현대시조에서 꽃이나 풀, 나무 등 식물적인 상상력이 그려내는 세계는 다분히 정태적이며 현실에 대해 수동적인 자세를 견지해왔던 데 비해 오승철 시인이 형상화하는 역동적인 꽃의 상상력은 물활론적 세계를 넘어 인간적 맥박이나 호흡과 같은 생명력과 융화되면서 독특한 시적 분위기를 형성한다. 오승철 시인은 꽃을 통해 내밀한 삶의 고독과 그리움을 표출하면서 이 땅을 살아가는 존재들에게 공생과 화합의 손길을 내밀고 있다. 그의 시 속에서 식물들은 존재와 존재의 경계를 허물고 공존하며, 인간과 식물 역시 수직적 관계를 허물고 수평적인 관계로 회복된다. 그가 일관되게 묘사한 '꽃'의 상상력은 우리 시조의 폭과 깊이를 더욱 확장하면서 개인적 층위를 넘어 사회 전체와 소통하며 융합하는 미학을 보여주고 있다.

## 3. 존재의 경계를 허무는 생명력, 그 동물적 상상력

『길 하나 돌려세우고』에서 일관되게 발견되는 또 하나의 화소는 동물적 상상력이다. 시는 자아와 사물과의 관계로부터 잉태되며 사물과 사물 사이의 경계를 허물면서 새로운 생명체로 태어난다. 즉 시인은 별개인 듯 보이는 하나의 사물을 고립된 존재로 보지 않고, 의식과 합일의 상태로 철저하게 주관화하여 선택한 오브제와 결합한다. 꽃, 나무, 산, 오름 등 자연을 소재로 한 식물적 상상력에서 더 확장된 동물적 상상력으로 시인은 나아가고 있다. 예컨대 꿩이나 고추잠자리를 통해서 개인적 고독과 그리움은 물론 역사적인 아픔까지를 호명하는 시편이 이를 입증한다. 동물적 상상력이 축축한 생명력과 융화되는 그의 시세계로 들어가 본다.

이번 시집을 관통하는 시어 중 하나는 '꿩'이다. 꿩을 제목으로 한 시가 5편, 꿩을 주요 소재로 한 시까지 포함하면 15편에 달한다. '꿩'은 중국에서 가장 오래된 시집인 시경詩經에서도 "장끼가 날아가네/ 날개를 퍼덕이며/ 내가 그걸 생각하면/ 내 마음만 괴롭구나"라고 인간과 대비되는 속성으로 노래했듯이 개인적 차원의 그리움이나 외로움, 세상과의 단절감 등을 상징한다. 이런 차원의 정서는 다음과 같은 작품에서도 명징하게 드러난다.

허랑방탕 봄 한철 꿩소리 흘려놓고
여름 가을 겨울을 묵언수행 중이다
날더러 푸른 이 허길 또 버티란 것이냐

-「다시, 봄」

짧은 시행 안에 봄, 여름, 가을, 겨울의 사계절이 함
축되어 있다. 꿩은 봄철에 장끼가 까투리에게 구애할
때만 운다. 따라서 "봄 한철 꿩소리"는 여름과 가을,
겨울에는 들을 수 없는 소리다. 화자는 이 계절들을
참회의 시간으로 인식하는데, 이는 '묵언수행'을 통해
시사示唆해주고 있다. 종장의 핵심 어구는 "푸른 이 허
기"이지만, '또'에 주목해야 한다. 해마다 봄이면 화자
에게 푸른 허기가 반복된다는 의미를 내장하고 있기
때문이다. 화자는 "짐짓 흘려놓은" 꿩 울음소리를 다
시 봄이 되어 듣고 있다. '다시 봄'은 농민들을 허기지
게 했던 보릿고개처럼, 꿩소리를 들음으로써 내면의
허기를 '또다시' 자각하는 시간이다. '꿩소리'는 화자가
피해갈 수 없는 운명이며, 현생이며, 현재의 고독한
자신의 실체를 대면하게 만드는 소리이기에 괴롭다.

자아 성찰의 과정을 단수로 압축한 시다.

> 대놓고 대명천지에
> 고백 한 번 해 본다
>
> 오름 만한 고백을 오름에서 해 본다
>
> 갓 쪄낸 쇠머리떡에
> 콩 박히듯 꿩이 운다
>
> －「봄꿩」

봄꿩은 어떻게 우는가? "갓 쪄낸 쇠머리떡에/ 콩 박히듯 꿩이 운다"라니! 꿩 울음소리에 대한 절묘한 감각이 돋보이는 작품이다. 꿩 울음소리와 관련된 한자어 '격嗝'은 '꿩이 운다' '딸꾹질하다'라는 의미인데, 단발적인 꿩 울음소리가 꼭 딸꾹질하는 것처럼 들리기도 한다. 숲속에서 짝을 찾는 장끼 울음소리를 들은 적이 있는데, 장끼 울음에 대한 적확한 감각적 묘사를 오승철 시인의 다음 작품에서 발견하게 되었다. 바로 "정오포正午砲 발사하듯이 날아가는 장끼 울음"(「유달산 낮 12시」)이라는 공감각적 이미지다. 목포 유달산에서 낮 12시를 알리는 포를 본 적이 있는 사람이라면 무릎을 치며 공감할 만한 절구다.

술 끊고
담배 끊고
사람마저 끊어놓고

산 보고 바달 봐도 깨닫지를 못하겠다

절 같은 섬에 와서도
시끄러워 못 살겠다
              ―「꿩꿩 푸드덕」

꿩 울음소리는 개인적 차원에서 그리움이나 외로움, 세상과의 단절감을 형상화한다. 화자는 술과 담배와 같은 내적 욕구와 대인관계와 같은 사회적 욕망을 모두 끊고 산과 바다를 응시한다. 마치 달마가 9년 동안 면벽했듯이. 그래도 찾고자 하는 본질적 자아의 실체는 제주 바다처럼 아득하기만 하다. "절 같은 섬에 와서도/ 시끄러워 못 살겠다"라는 종장은 인간 세상의 소리를 소음으로 인식하고 있으며 세상의 온갖 시비是非에서 벗어나려는 의지를 보여준다. 최치원이 「제가야산독서당」에서 속세를 더욱 멀리하고자 하는 은둔의 외마디 외침을 형상화했듯이 꿩은 푸드덕거리며 울면서 날아간다.

　오승철 시인은 "사발 깨듯 장끼가 운다"(「위미리」) "명치동산 꿩소리 간신히 재웠는데"(「추석날 위미리는」)에서처럼 고향 공간의 옛 기억을 소환하는가 하면, "목청이 푸른 장끼 게워내는 울음"(「누이」), "장끼가 울어 쌓는/ 그대 무덤가에"(「그리운 날」)에서처럼 부재하는 대상에 대한 그리움을 형상화하기도 한다. 그러나 그의 시에서 '꿩 소리'는 결코 개인적 차원의 정서에 머물러 있는 것만은 아니다. 꿩은 "금삼의 피 토하듯"(「꿩」)에서처럼 조선시대 연산군 때의 역사적 공간으로 날아오르기도 하고 4·3 항쟁에 대한 역사적 증언자로서의 '꿩'으로 과거와 현재를 병치시키기도 한다. 역사적 차원의 꿩은 다음 장에서 거론할 「어느 봄」과 「꿩 엎지르다」에 나오는 꿩이다.

날개 달린 존재들은 모두 정신적 승화, 영혼을 상징한다. 융에 의하면 새는 정신, 초자연적 도움, 환상적인 비상을 나타낸다. 조류가 아닌 곤충이지만, 고추잠자리 역시 날개 달린 존재로서 오승철 시인의 시에서 고독한 화자의 영혼을 표상한다. 「고추잠자리」 연작시 20여 편 중 단시조 8편이 이번 시집에 실렸는데, 다음 작품에서도 적막하고 호젓한 화자의 내면세계는 고추잠자리를 통해 재현된다.

> 결국 그런 것이다 그리움은 그런 것이다
> 평생 세운 날개, 십자가 세운 날개
> 간직한 이름만 있어도 나는 좋다, 애인아
> — 「고추잠자리 5」

청자를 '애인'으로 설정하여 대화체로 전개되는 이 작품은 그대를 향한 절대적 믿음의 십자가 같은 고추잠자리의 날개를 "평생 세운" 사랑으로 이야기한다. 이 시는 순간적인 감정에 따라 인스턴트식 사랑을 추구하는 현대의 젊은이들에게 큰 울림을 준다. 이런 점에서 이 작품은 토속적인 정서로 인간 본연의 참다운 사랑을 일깨워주고 있다.

오승철 시인은 이처럼 독자의 상상력을 개입시키고 공감대를 확산하기 위하여 대화체를 활용하는 경우가 많다. 초장과 중장에서 공감이나 동조를 구하는 내용을 전개한 후 마지막에 대화의 상대방을 호명하는 위와 같은 시적 구조는 청자가 화자의 정서에 동화되기를 유도하는 전략이다. "애인아" 하고 맨 마지막에 부르는 도치법은 청자에게 발화가 주는 긴장감을 느끼게 하고 함축적인 여운을 남겨둠으로써 청자의 개입을 극대화하는 시적 기법이 된다.

깊을 대로 깊은 가을
티 없이 맑고 맑네

오름과 무덤 사이
억새 물결 철썩이면

잠자리 싹 지운 하늘
천지간에 말간 슬픔

―「고추잠자리 21」

깊을 대로 깊은 가을에 잠자리까지 사라진 하늘은 얼마만큼의 슬픔일까? 이 시에서의 '고추잠자리'는 역설적이지만, 절망 속에서 희망을, 죽음 속에서 삶을, 허무에서 자유를 갈망하는 시인의 시적 인식을 잘 드러낸다. 고추잠자리는 많은 것들이 제약받는 지상의 공간을 벗어나 하늘 높이 나는 존재로서의 자유를 형상화하고 있다. 고추잠자리는 이 시에서 더 높은 단계를 지향하는 영혼의 세계, 지상의 삶이라는 구속에서 벗어나 자유로운 세계로 날아가고자 하는 영혼의 표상이라고 볼 수 있다. 이렇게 오승철 시인의 시에서는 삶의 의미를 구체적 대상을 빌어 순간적으로 포착해내는 감각적 사유가 빛난다.

함축과 여백의 정형 미학으로 일궈낸 오승철 시인의 단시조를 읽으면, "시는 의미하는 것이 아니라 존재하는 것"이라고 했던 매클라시의 말이 떠오른다. 서정시의 중심을 관통한다고 볼 수 있는 이 말은, 비유와 상징에 의해 함축적으로 빚어지는 시·공간을 하나로 통합하는 과정을 통해 언어 자체가 존재의 목적이라는 의미를 다시 환기한다. 오승철 시인의 작품에서는 절제와 균형의 미덕인 함축과 함께 동양적 여백의 미가 행간마다 읽힌다. 그의 시는 존재의 상처와 유한성에 대한 자각에서 태어난다. 그러므로 그의 시는 존재를 지향하는 가운데서 싹튼다고 볼 수 있다.

고추잠자리에 대한 정서는 "폐교된 명월초등학교 그 중산간 팔월 하늘/ 저물녘 갈색의 공습"(「고추잠자리 13」)을 떠올리거나, "그리움의 독기 묻은/ 뼈와 살은 거뒀어도// 허공에 간절한 생각/ 내려놓질 못 하"(「고추잠자리 11」) 는 작품에서도 잘 드러난다.

기존의 현대시조가 꽃이나 풀, 나무 등 식물적인 상상력에 경도되어 왔고 그것이 주류를 이루었음은 주지의 사실이다. 식물적 상상력이 그려내는 세계는 정태적이며 현실에 대해 수동적인 자세를 견지한다. 이러한 측면에서 오승철 시인이 형상화하는 동물적 상상력은 물활론적 세계를 넘어 역동적인 생명력과 융화되면서 독특한 시적 분위기를 형성한다. 그의 시 속에서 사물들은 존재와 존재의 경계를 허물고 공존하며, 인간과 동물 역시 수직적 관계를 허물고 수평적인 관계로 회복된다. 우리 시에서 동물적 상상력을 이만큼 끈질기고 집요하게 파헤친 시인이 드물다는 점에서 그의 시는 우리 시조의 폭을 넓히고 확장하면서 개인적 층위를 넘어 생명력 전체와 소통하며 융합하는 미학을 보여주고 있다고 할 수 있다.


## 4. 식물적 상상력과 동물적 상상력의 융합

시는 자아와 사물과의 관계로부터 배태된다. 나와 시적 대상이 존재의 경계를 허무는 순간 시는 태어난다. 시인이 대상과 관계를 맺게 될 때, 사물은 존재의 고립성을 풀고 시적 세계로 옮겨오는 것이다. 그러므로 시의 의미는 시인과 사물의 순간적이고 의식적인 결합과 합일의 상태에서 생성된다. 한 시인이 주목하는 대상은 시인에 의해 철저히 선택되고 주관화된 특수한 것들이기 때문이다. 따라서 시적 대상은 시인의 의식세계를 규명하는 데 중요한 단서가 된다. 이런 의미에서 오승철 시인의 시에 나타난 식물적 상상력과 동물적 상상력의 결합을 살펴보도록 하겠다.

쇠똥이랴
그 냄새 폴폴 감아올린 새순이랴
목청이 푸른 장끼 게워내는 울음이랴
초파일 그리움 건너
더덕더덕 더덕밭

- 「누이」

'누이'라는 호칭은 친근하고 다정한 정서를 환기하
며 불특정 다수를 아우르는 포괄성을 함께 지니고 있
다. 화자는 누이를 떠올리면서 시골 아무 데서나 흔하
게 굴러다니는 "쇠똥"을 초장에 제시한다. 토속적인
냄새 가득한 누이는 "그 냄새 폴폴 감아올린 새순"이
라는 식물적 상상력을 통해 상승적 이미지로 변환되
며, "목청 푸른 장끼 게워내는 울음"이라는 동물적 상
상력을 통해 시·공을 초월한 그리움으로 독자에게
형상화된다. 종장의 "초파일 그리움 건너/ 더덕더
덕 더덕밭"을 보자. "더덕더덕"이라는 의태어는 의미
의 재현보다는 모양 자체의 감각적 즐거움을 지향하
고 있다. 즉 대상에 활력을 부여하며 말 자체의 감각

을 즐기는 어희적語戲的 기능을 한다. 초장과 중장에서 의문형 종결어미를 통해 독자의 상상력을 자극하고 종장에서 "더덕더덕"이라는 두 첩어의 대응으로 반복적 리듬에 생동감을 주고 있다.

"봄동을 담그다가/ 서녘산 물이 든다// 이런 날은 장꿩도/ 서러운 맛 들이는지// 긴긴 봄 윤슬의 바다/ 함께 절인 김칫독"(「봄동」)과 같은 시에서도 감각적 이미지가 빛을 발한다. 봄동을 담그는 봄날에는 장꿩도 서러운 맛을 들이기에 서녘산에 노을이 물들고 윤슬의 바다도 김칫독에 함께 절여진다는 주관적 변용은, '봄동'(식물), '장꿩'(동물), '윤슬의 바다'(자연물)가 통섭通涉한다는 인식을 기반으로 한다. 시각과 미각, 청각적 이미지가 잘 버무려진 채 절인 단시조의 깊은 맛이 내장된 작품이다.

다음 작품은 개인적 차원을 넘어서 4·3이라는 역사의 아픔을 형상화하고 있다.

어차피 못 가져갈
벚꽃은 그냥 두고

목청이 푸른 장끼
푸르게  그냥 두고


4·3땅
백비와 같이
건너가는
봄 한 철

―「어느 봄」


　정부의  진상조사보고서에  의하면,  4·3항쟁은
1947년 3월 1일 관덕정 앞 발포사건을 시작으로 탄압
에 항의한 3·10 민관 총파업, 단독정부 수립에 반대
한 거센 여론 등 해방공간의 역사와 함께한다. 추산
희생자는 2만5천~3만 명이다. 무장세력이 수백 명이
라는 이유로 당시 제주 인구의 10%가 희생된 것은 어
떤 명분으로도 합리화할 수 없는 '국가폭력'이다. 당시
살아남은 2146명은 판결문도 없는 불법 군사재판을
받고 전국 형무소에 분산, 수용되었는데, 1950년 한
국전쟁이 터지자 대부분 즉결처분되거나 행방불명됐

고 유족들은 아직 주검조차 찾지 못하고 있다.

4·19 혁명 직후 잠시 진상규명 움직임이 있었지만, 박정희 정권 이후 제주도민들은 반공법과 연좌제의 족쇄에 묶여 4·3을 입에 올리는 것조차 금기시하며 고문 후유증과 레드 콤플렉스에 시달려야 했다. 그래서 제주 4·3 항쟁기념관 어두침침한 제1관 '역사의 동굴' 끝에는 아무것도 쓰여 있지 않은 하얀 대리석 비석, 즉 '백비白碑'가 누워 있다. 백비는 '이름 짓지 못한 역사', 이름이 없어 일으켜 세우지도 못한 역사를 상징한다. 시대에 따라 '반란' '사태' '폭동' '항쟁' '운동' 등 수많은 이름으로 다르게 불린 4·3. 작은 비석 하나로는 다 담지 못할 무거운 역사의 아픔을 백비는 시사해준다.

"어차피 못 가져갈/ 벚꽃"과 "목청이 푸른 장끼"는 제주의 그 봄날, 역사적 현장을 환기하면서 증언하는 식물(벚꽃)과 동물(장끼) 이미지를 함축한다. 통사적으로 거의 동일한 초장("어차피 못 가져갈/ 벚꽃은 그냥 두고")과 중장("목청이 푸른 장끼/ 푸르게 그냥 두고")을 대구로 배치하면서 리듬의 효과를 배가하고 있다. "그냥 두고"와 같은 시어를 반복함으로써 리듬감은 한층 더 고조된다. "4·3땅/ 백비와 같이/ 건너가는/ 봄 한 철"은 봄이 될 때마다 떠오르는 4·3의 공포에 대한 기억으로 봄을 견뎌내는 것이 얼마나 힘겨운 것인가를 짐작하게 한다. 또한, 앞에서 논의했던 「다시 봄」에서 꿩 울음소리를 듣고 푸른 허기를 느끼게 한 실체가 단지 개인적 차원만은 아니라는 것을 인식하게 한다.

　　오전 열 시
　　4·3 묵념 사이렌이 울릴 때

　　젯상이면 다냐고
　　엎지르듯 꿩이 운다

　　나랏님
　　오든지 말든지
　　실없이 지는 벚꽃

－「꿩, 엎지르다」

　누군가는 "왜 아직도 4·3인가?"하고 반문할지 모

른다. 이 질문은 '우리 사회에서 4·3항쟁은 완전히 해결되었고 사회구조의 모순과 불평등은 완전히 휘발된 것인가?'라는 또 다른 질문이 답이 될 수 있다. 아직도 70년 전 제주도의 그 날처럼 민중의 삶을 억압하는 현실의 모순은 합법적이게, 오히려 더욱 '세련된 모습'으로 존재하지 않는가? 폴란드의 아우슈비츠 형무소에는 다음과 같은 미국 철학자 조지 산타야나의 말이 적혀 있다. "역사를 기억하지 못한 자, 그 역사를 다시 살게 될 것이다." 조선 중기 임진왜란이 끝난 지 40년도 안 되어 병자호란이 일어났고, 제주의 4·3항쟁 30여 년 후에 광주에서 5·18 민주항쟁이 일어났다는 것은 반성하지 못한 역사, 해결되지 않는 역사는 언제든지 되풀이된다는 것을 명징하게 보여주고 있다.

해마다 그날이 되면 "오전 열 시/ 4·3 묵념 사이렌"이 울린다. 4·3 항쟁을 해마다 반복되는 기념일로만 여겨서는 안 된다는 의미를 담고 있는 것이 "젯상이면 다냐고/ 엎지르듯 꿩이 운다"이다. "나랏님/ 오든지 말든지/ 실없이 지는 벚꽃"은 4·3의 진상을 규명하고자 하는 국가의 제도적 노력을 부정하거나 거부하는 것이 아니라 역사가 분명히 기억되기를 바라는 의지에 다름 아니다. 이 언사言辭는 부정적인 역사가 되풀이되는 비극이 이 땅에 다시 일어나서는 안 된다는 시인의 의식이 그 기저에 깔려있다.

오승철 시인의 시에서 식물적 상상력과 동물적 상상력은 그리움, 외로움과 같은 개인적인 정서는 물론 4·3의 비극적 역사와 같은 역사성을 재현하면서 고적하고 애상적 분위기를 조성하고 있다. 그것은 생동하는 제주 자연의 숨결과 역사적 증언자로서의 '꿩'을 불러내는 중요한 기법이고, 정겨운 현재의 고향 풍경과 처절했던 과거의 고향 풍경을 생동감 있게 시화하는 데 기여하는 요소로 작용한다.


## 5. 고향 인식과 뼈아픈 역사의식

붉은오름
아침놀

은숟갈 빛
산마을
상여 메듯
그것들을
떠메고 온
새 몇 마리
말좇이
늘어진 봄날
유채밭
흔들고 가네

- 「봄날」

"붉은오름/ 아침놀"에 "은숟갈 빛/ 산마을"이라는
명징한 시각적 이미지로 초장에서 아침놀에 물든 산
마을의 아름다운 정경을 제시한다. 이렇게 아름다운
고향은 4·3항쟁과 같은 역사적 비극을 견뎌내면서
지켜온 공간이다. 또 바다에 목숨을 두고 살아온 사람
들이 그렇듯이 바다는 삶과 죽음 사이를 밀물과 썰물
로 건너 왔다가 가는 물살이다. 바다는 제주 사람들에
게 삶의 근원임과 동시에 죽음의 공간이기도 하다. 바
다로 돌아간다는 것은 어머니에게로 돌아감을 의미하

고 이는 바로 죽음으로 돌아가는 것을 뜻한다. 바다에 나가 사고를 당하면 한꺼번에 죽는 것이 바다를 통해 생명을 유지하는 제주 사람들의 숙명이다. 그렇기에 "상여 메듯/ 그것들을/ 떠메고 온/ 새 몇 마리"는 제주의 힘겨웠던 과거를 떠메고 온다. 이렇게 삶의 공간이면서 죽음의 공간인 제주의 봄날은 생동하는 봄을 넘어서 도발적이고 관능적인 봄이 된다. 오승철 시인에게 봄〔春〕은 봄〔視〕이다. 시인은 제주의 '말'과 '유채꽃'이 한통속이 되는 정경을 봄날에 바라본다. "말좆이/ 늘어진 봄날/ 유채밭/ 흔들고 가네"가 바로 그것이다.

참을 만큼 참았다며
이른 봄 꿩이 운다

자배봉 아랫도리 물오르는 부활절 아침

위미리
옛집 그 너머
사발 깨듯 장끼가 운다

　　　　　　　　　　　　　　－「위미리」

116

제주도 서귀포시 남원읍 위미리는 오승철 시인의 고향 공간이다. 겨울이라는 시간으로 대변되는 춥고 배고픈 제주는 4 · 3의 진상이 밝혀지기 전까지 오랜 시간 동안 고통받았던 공간이다. 그래서 "참을 만큼 참았다며/ 이른 봄 꿩이" 운다. 중장의 "자배봉 아랫도리 물오르는 부활절 아침"은 감정을 절제하며 연실을 감아둔 초장에서 연실을 확 풀어내는 종장으로 건너가기 위한 시적 장치이다. "옛집 그 너머"에서 "사발 깨듯 장끼가" 우는 이른 봄은 청각을 시각화함으로써 초장과 중장에서 정적으로 이어지던 시각적 이미지에 돌연 긴장감을 부여하는 감각적 체험을 독자에게 부여한다.

"명치鳴雉동산 꿩소리 간신히 재웠는데/ 자배봉 한 자락에 어머니도 재웠는데/ 대체 난/ 어떡하라고/ 여태 남은 고추잠자리"(「추석날 위미리는」)와 같은 시에서도 고향 공간의 가을에 느끼는 고독한 자아의 실존을 형상화하고 있다.

이번 단시조집의 화두가 된 동물적 상상력이 빛나는 다음 작품을 살펴보자.

목장길,
월동무밭,
들쑤시던 싸락눈발

갈기 흩날리듯 〈5 · 16〉도로 넘어와서

조랑말 울음빛으로
걸어놓은
정방폭포

-「서귀포」

목장길을 들쑤시던 싸락눈발에는 말똥 냄새와 말의 터럭, 갈기도 묻어 있다. 겨울을 나기 위해 밭에 묻어둔 무에도 말똥과 함께 차가운 눈발이 스며들었다. 싸락눈발의 이동에 따라 시적 공간은 '제주시-5 · 16 도로-서귀포의 정방폭포'로 옮겨진다. 이 싸락눈발은 말갈기 휘날리듯 "〈5 · 16〉도로 넘어와서" 정방폭포에 조랑말 울음빛을 걸어놓는다. 자연스러운 전개와 함께 종장의 결구가 압권이다.

오승철 시인이 고향 공간을 노래하면서 놓치지 않

고 있는 것은 토속어 사용이다. 대체로 사투리는 그 지방의 고유한 말이기에 회고 지향적, 전통 지향적 성격을 띠고 나타나기도 하고 어떤 경우는 과거 세계로의 회귀나 복원을 꿈꾸기도 한다. 그런데 오승철 시인의 시에서도 제주 토속어는 과거 아름다운 고향의 기억을 환기하거나 과거의 역사적 아픔을 복원하기도 하지만, 결국 그것은 현재에 의미가 부여된 고향이며 미래의 희망을 향해 전진하는 힘을 지닌 전통서정이라는 데에 그 특성이 있다.

그나저나 동백동산 그 너먼 가지 마라

4·3땅 곶자왈길 물허벅 넘던 그 길

아직도
출렁거리는

내 등짝의 먼물깍

　　　　　　　　　　　　　－「선흘리 먼물깍」

제주 4 · 3 사건 발발 이후인 1948년 11월 21일 토벌대는 조천면 선흘리 마을을 불태웠다. 선흘리가 초토화된 뒤 주민들은 토벌대의 명령에 해안마을로 내려가야 했다. 그러나 가축과 추수한 곡식을 버려두고 갈 수 없었던 주민들은 비상식량을 짊어지고 천연동굴이 산재해 있는 선흘곶자왈로 찾아들었다. 선흘리 주민들에 대한 대량 학살은 소개령을 내린 지 나흘째 되는 11월 25일부터 시작되었으며 선흘곶에 숨어 있던 굴들을 찾아낸 군인들에게 은신해 있던 주민들은 모두 학살되었다. "그나저나 동백동산 그 너먼 가지 마라"는 이러한 역사적 아픔을 기억하고 있는 전 세대의 가르침이다. 그래서 화자가 어린 시절부터 "4 · 3땅 곶자왈길 물허벅 넘던 그 길"은 아직도 화자의 등짝에서 역사적 현장으로 출렁이는 것이다.

　　암그령 수크령이 간들대는 대수산봉

　　그 품에 젖꼭지같이 무덤 한 채 얹혀있다

"누게고?"

선산도 짐짓

날 아는 숭 모르는 숭

—「올레길 따라」

'암그령 수크령'은 농촌 들녘에서 흔하게 볼 수 있는 여러해살이풀이다. 이 풀들이 자라는 '대수산봉'은 제주도 서귀포시 성산에 있는 고도 137m의 측화산이다. 정상 부분 중간쯤에 얕게 패인 타원형의 분화구가 있는데 과거 이 분화구에 물이 있어서 '물뫼'라고 불렀으며 '대수산봉'은 여기에서 유래한 지명으로 짐작된다. 이런 대수산봉에 묻힌 조상이기에 무덤 속 조상의 말을 듣고 서로 통섭하는 장면이 자연스럽게 연출된다. "누게고"는 '거기 누(구)고?'와 같은 뜻으로 잘 모르는 사람 혹은 불특정한 사람, 가리키는 대상을 굳이 밝혀서 말하지 않을 때 쓰는 인칭대명사다. "아는 숭 모르는 숭"과 같은 제주 방언이 토속적 정서와 함께 특유의 리듬감을 부여하고 있다.

"바다에서 돌아와/ 숨비소리/ 널고 나면// 물마루 몰래 건너/ 어깨를 툭 치는 달// 헛제사/ 차리다 말고/ 가지깽이 댕글랑"(「닐모리동동」)과 같은 시에서도 제주민요 한 소절을 인용하고 '밥그릇뚜껑'의 제주도 토속어인 '가지깽이'를 시에 활용함으로써 토속적인 정서와 함께 방언이 주는 독특한 리듬감을 느끼게 해주고 있다.


## 6. 나오면서

오승철 시인은 전통서정 혹은 순수서정의 세계를 지속적으로 노래하면서도 제주의 역사적 아픔을 외면하지 않고 민중이나 역사성이 가미된 남성적 힘을 보여준다. 이렇게 폭넓은 시 세계의 스펙트럼을 보여준 오승철 시인은 우리 시조의 전통서정을 창조적으로 계승했다는 점에서 주목할 만하다. 그의 시는 자연 친화의 순수서정을 지향하면서도 관조적 세계관에 함몰되지 않고 제주도 토속어에 대한 진지한 성찰을 통해 사라져가는 것들의 의미와 가치를 소환함으로써 우리 말 고유의 묘미를 환기한다. 제주의 정서를 바탕으로 우리 민족 고유의 정감을 회복하려는 그의 시에서 돋보이는 것은 감칠맛 나는 제주도 토속어와 시어의 반복을 통한 리듬이다. 그는 이 전통서정을 정형의 그릇에 녹여냄으로써 그만의 독특한 가락을 만들어내고 있다.

오승철 시인은 자연과 인간의 조화, 상생을 모색하는 휴머니티 속에서 인간다운 삶을 고양하는 시 세계를 지향하고 있다. 오늘날 도시에서 정신적 지향점을 잃고 살아가는 현대인에게 오승철 시인의 나지막하지만 또렷한 목소리는 진정 우리가 무엇을 소망하고 실현해야 하는지에 대한 해답을 제시해준다. 제주의 자연환경과 삶을 넘어서 우리네 인간과 세계를 둘러싼, 그의 진솔한 삶의 메시지들이 서정적 휴머니티라는 질감을 고양하는 데에 크게 기여하고 있다는 점은 우리 시조단의 큰 자산이 될 것이다.

# 황금알 시인선

01 정완영 시집 | 구름 山房산방
02 오탁번 시집 | 손님
03 허형만 시집 | 첫차
04 오태환 시집 | 별빛들을 쓰다
05 홍은택 시집 | 통점痛點에서 꽃이 핀다
06 정이랑 시집 | 떡갈나무 잎들이 길을
        흔들고
07 송기홍 시집 | 흰빰검둥오리
08 윤지영 시집 | 물고기의 방
09 정영숙 시집 | 하늘새
10 이유경 시집 | 자갈치통신
11 서ंग기 시집 | 새들의 밥상
12 김영탁 시집 | 새소리에 몸이 절로 먼
        산 보고 인사하네
13 임강빈 시집 | 집 한 채
14 이동재 시집 | 포르노 배우 문상기
15 서 량 시집 | 푸른 절벽
16 김영찬 시집 | 불멸을 힐끗 쳐다보다
17 김효선 시집 | 서른다섯 개의 삐걱거림
18 송준영 시집 | 습득
19 윤관영 시집 | 어쩌다, 내가 예쁜
20 허 림 시집 | 노을강에서 재즈를 듣다
21 박수현 시집 | 운문호 붕어찜
22 이승욱 시집 | 한숨짓는 버릇
23 이자규 시집 | 우물치는 여자
24 오창렬 시집 | 서로 따뜻하다
25 尹錫山 시집 | 밥 나이, 잠 나이
26 이정주 시집 | 홍등
27 윤종영 시집 | 구두
28 조성자 시집 | 새우깡
29 강세환 시집 | 벚꽃의 침묵
30 장인수 시집 | 온순한 뿔
31 전기철 시집 | 로깡땡의 일기
32 최을원 시집 | 계단은 잠들지 않는다
33 김영박 시집 | 환한 물방울
34 전용직 시집 | 붓으로 마음을 세우다
35 유정이 시집 | 선인장 꽃기린
36 박종빈 시집 | 모차르트의 변명
37 최춘희 시집 | 시간 여행자
38 임연태 시집 | 청동물고기
39 하정열 시집 | 삶의 흔적 돌
40 김영석 시집 | 거울 속 모래나라
41 정완영 시집 | 詩菴시암의 봄
42 이수영 시집 | 어머니께 말씀드리죠
43 이원식 시집 | 친절한 피카소
44 이미란 시집 | 내 남자의 사랑법法
45 송명진 시집 | 착한 미소
46 김세형 시집 | 찬란을 위하여
47 정완영 시집 | 세월이 무엇입니까
48 임정옥 시집 | 어머니의 완장
49 김영석 시선집 | 모든 구멍은 따뜻하다
50 김은령 시집 | 차경借憬
51 이희섭 시집 | 스타카토
52 김성부 시집 | 달항아리
53 유봉희 시집 | 잠깐 시간의 발을
        보았다
54 이상인 시집 | UFO 소나무
55 오시영 시집 | 여수麗水
56 이무권 시집 | 별도 많고
57 김정원 시집 | 환대
58 김명린 시집 | 달의 씨앗
59 최석균 시집 | 수담手談
60 김요아킴 야구시집 | 왼손잡이 투수
61 이경순 시집 | 붉은 나무를 찾아서
62 서동안 시집 | 꽃의 인사법
63 이여명 시집 | 말뚝
64 정인목 시집 | 짜구질 소리
65 배재열 시집 | 타전
66 이성렬 시집 | 밀회

67 최명란 시집 | 자명한 연애론

68 최명란 시집 | 명랑생각

69 한국의사시인회 시집 | 닥터 K

70 박장재 시집 | 그 남자의 다락방

71 채재순 시집 | 바람의 독서

72 이상훈 시집 | 나비야 나비야

73 구순희 시집 | 군사 우편

74 이원식 시집 | 비둘기 모네

75 김생수 시집 | 지나가다

76 김성도 시집 | 벌락마을

77 권영해 시집 | 봄은 경력 사원

78 박철영 시집 | 낙타는 비를 기다리지 않는다

79 박윤규 시집 | 꽃은 피다

80 김시탁 시집 | 술 취한 바람을 보았다

81 임형신 시집 | 서강에 다녀오다

82 이경아 시집 | 겨울 숲에 들다

83 조승래 시집 | 하오의 숲

84 박상돈 시집 | 왜! 그때처럼

85 한국의사시인회 시집 | 환자가 경전이다

86 윤유점 시집 | 내 인생의 바이블 코드

87 강석화 시집 | 호리천리

88 유 담 시집 | 두근거리는 지금

89 엄태경 시집 | 호랑이를 탔다

90 민창홍 시집 | 닭과 코스모스

91 김길나 시집 | 일탈의 순간

92 최명길 시집 | 산시 백두대간

93 방순미 시집 | 매화꽃 펴야 오것다

94 강상기 시집 | 콩의 변증법

95 류인채 시집 | 소리의 거처

96 양아정 시집 | 푸줏간집 여자

97 김명희 시집 | 꽃의 타지마할

98 한소운 시집 | 꿈꾸는 비단길

99 김윤희 시집 | 오아시스의 거간꾼

100 니시 가즈토모(西一知) 시집 | 우리 등 뒤의 천사

101 오쓰보 레미코(大坪れみ子) 시집 | 달의 얼굴

102 김 영 시집 | 나비 편지

103 김원옥 시집 | 바다의 비망록

104 박 산 시집 | 무야의 푸른 샛별

105 하정열 시집 | 삶의 순례길

106 한선자 시집 | 울어라 실컷, 울어라

107 김영철 어린이시조집 | 마음 한 장, 생각 한 겹

108 정영운 시집 | 딴청 피우는 여자

109 김환식 시집 | 버팀목

110 변승기 시집 | 그대 이름을 다시 불러본다

111 서상만 시집 | 분월포芬月浦

112 잇시키 마코토(一色真理) 시집 | 암호해독사

113 홍지헌 시집 | 나는 없네

114 우미자 시집 | 첫 마을에 닿는 길

115 김은숙 시집 | 귀띔

116 최연홍 시집 | 하얀 목화꼬리사슴

117 정경해 시집 | 술항아리

118 이월춘 시집 | 감나무 맹자

119 이성률 시집 | 둘레길

120 윤범모 장편시집 | 토함산 석굴암

121 오세경 시집 | 발톱 다듬는 여자

122 김기화 시집 | 고맙다

123 광복70주년, 한일수교 50주년 기념 한일 70인 시선집 | 생의 인사말

124 양민주 시집 | 아버지의 늪

125 서정춘 복간 시집 | 죽편竹篇

126 신승철 시집 | 기적 수업

127 이수익 시집 | 침묵의 여울

128 김정윤 시집 | 바람의 집

129 양 숙 시집 | 염천 동사炎天 凍死

130 시문학연구회 하로동선夏爐冬扇 시집 | 안개가 자욱한 숲이다

131 백선오 시집 | 월요일 오전

132 유정자 시집 | 무늬

133 허윤정 시집 | 꽃의 어록語錄

134 성선경 시집 | 서른 살의 박봉 씨

135 이종만 시집 | 찰나의 꽃

136 박중식 시집 | 산곡山曲

137 최일화 시집 | 그의 노래

138 강지연 시집 | 소소

139 이종문 시집 | 아버지가 서 계시네

140 류인채 시집 | 거북이의 처세술

141 정영선 시집 | 만월滿月의 여자

142 강홍수 시집 | 아비

143 김영탁 시집 | 냉장고 여자

144 김요아킴 시집 | 그녀의
    시모노세끼항

145 이원명 시집 | 즈믄 날의 소묘

146 최명길 시집 | 히말라야 뿔무소

147 시문학연구회 하로동선夏爐冬扇 시집
    2 | 출렁, 그대가 온다

148 손영숙 시집 | 지붕 없는 아이들

149 박　잠 시집 | 나무가 하늘뼈로
    남았을 때

150 김원욱 시집 | 누군가의 누군가는

151 유자효 시집 | 꼭

152 김승강 시집 | 봄날의 라디오

153 이민화 시집 | 오래된 잠

154 이상원李相源 시집 | 내 그림자 밟지
    마라

155 공영해 시조집 | 아카시아 꽃숲에서

156 미즈타 노리코(水田宗子) 시집 |
    귀로

157 김인애 시집 | 흔들리는 것들의 무게

158 이은심 시집 | 바닥의 권력

159 김선아 시집 | 얼룩이라는 무늬

160 안평옥 시집 | 불벼락 치다

161 김상현 시집 | 김상현의 밥詩

162 이종성 시집 | 산의 마음

163 정경해 시집 | 가난한 아침

164 허영자 시집 | 투명에 대하여 외

165 신병은 시집 | 곁

166 임채성 시집 | 왼바라기

167 고인숙 시집 | 시련은 깜찍하다

168 장하지 시집 | 나뭇잎 우산

169 김미옥 시집 | 어느 슈퍼우먼의
    즐거운 감옥

170 전재욱 시집 | 가시나무새

171 서범석 시집 | 짐작되는 평촌역

172 이경아 시집 | 지우개가 없는 나는

173 제주해녀 시조집 | 해양문화의 꽃,
    해녀

174 강영은 시집 | 상냥한 시론詩論

175 윤인미 시집 | 물의 가면

176 시문학연구회 하로동선夏爐冬扇 시집
    3 | 사랑은 종종 뒤에 있다

177 신태희 시집 | 나무에게 빚지다

178 구재기 시집 | 휘어진 가지

179 조선희 시집 | 애월에 서다

180 민창홍 시집 | 캥거루 백bag을 멘
    남자

181 이미화 시집 | 치통의 아침

182 이나혜 시집 | 눈물은 다리가 백 개

183 김일연 시집 | 너와 보낸 봄날

184 장영춘 시집 | 단애에 걸다

185 한성례 시집 | 웃는 꽃

186 박대성 시집 | 아버지, 액자는
    따스한가요

187 전용직 시집 | 산수화

188 이효범 시집 | 오래된 오늘

189 이규석 시집 | 갑과 을

190 박상옥 시집 | 끈

191 김상용 시집 | 행복한 나무

192 최명길 시집 | 아내

193 배순금 시집 | 보리수 잎 반지

194 오승철 시집 | 오키나와의 화살표

195 김순이 시선집 | 제주야행濟州夜行

196 오태환 시집 | 바다, 내 언어들의
    희망 또는 그 고통스러운 조건
197 김복근 시조집 | 비포리 매화
198 시문학연구회 하로동선夏爐冬扇 시집
    4 | 너에게 닿고자 불을 밝힌다
199 이정미 시집 | 열려라 참깨
200 박기섭 시집 | 키 작은 나귀 타고
201 천리(陳黎) 시집 | 섬나라 대만島/國
202 강태구 시집 | 마음의 꼬리
203 구명숙 시집 | 뭉클
204 옌즈(阎志) 시집 | 소년의 시少年辞
205 문학청춘작가회 동인지 2 | 그날의
    그림자는 소용돌이치네
206 함국환 시집 | 질주
207 김석인 시조집 | 범종처럼
208 한기팔 시집 | 섬, 우화寓話
209 문순자 시집 | 어쩌다 맑음
210 이우디 시집 | 수식은 잊어요
211 이수익 시집 | 조용한 폭발
212 박   산 시집 | 인공지능이 지은 시
213 박현자 시집 | 아날로그를 듣다
214 시문학연구회 하로동선夏爐冬扇 시집
    5 | 너를 버리자 내가 돌아왔다
215 박기섭 시집 | 오동꽃을 보며
216 박분필 시집 | 바다의 골목
217 강홍수 시집 | 새벽길
218 정병숙 시집 | 저녁으로의 산책
219 김종호 시선집
220 이창하 시집 | 감사하고 싶은 날
221 박우담 시집 | 계절의 문양
222 제민숙 시조집 | 아직 괜찮다
223 문학청춘작가회 동인지 3 | 고양이가
    앉아 있는 자세
224 신승준 시집 | 이연당집怡然堂集 · 下
225 최   준 시집 | 칸트의 산책로